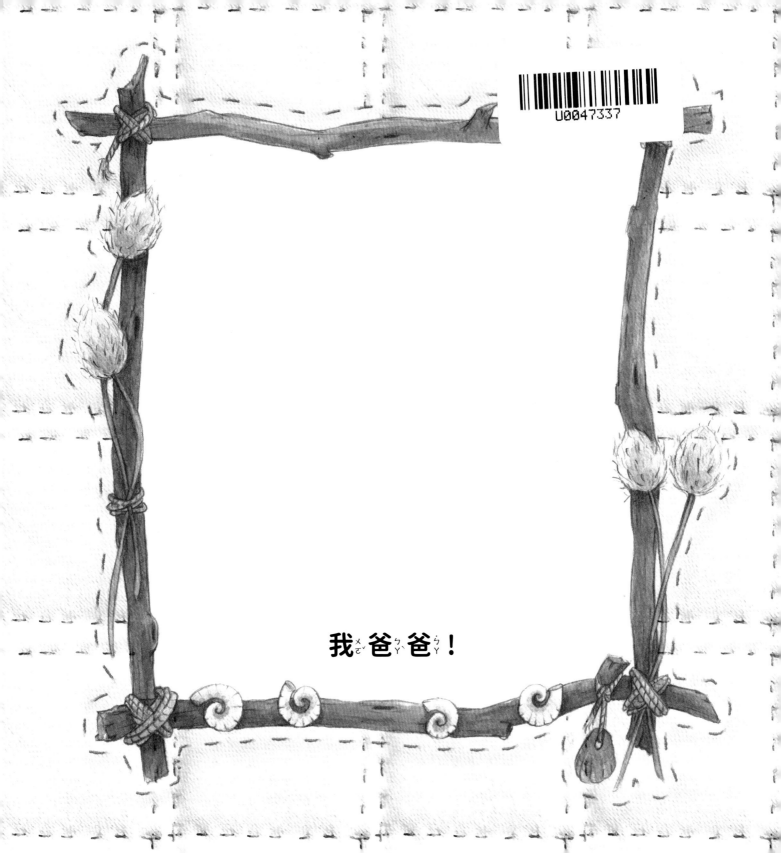

我爸爸！

世界上
最棒的爸爸

世界上
最棒的爸爸

文／派翠西亞·查普曼

圖／凱特·查普曼

譯者／蘇懿禎

我ㄨㄛˇ爸ㄅㄚˋ爸ㄅㄚ是ㄕˋ世ㄕˋ界ㄐㄧㄝˋ上ㄕㄤˋ最ㄗㄨㄟˋ棒ㄅㄤˋ的ㄉㄜ爸ㄅㄚˋ爸ㄅㄚ，因ㄧㄣ為ㄨㄟˋ……

他㊀喜㊀歡㊀很㊀早㊀起㊀床㊀。

我ㄨㄛˇ爸ㄅㄚˋ爸ㄅㄚ是ㄕˋ世ㄕˋ界ㄐㄧㄝˋ上ㄕㄤˋ最ㄗㄨㄟˋ棒ㄅㄤˋ的ㄉㄜ爸ㄅㄚˋ爸ㄅㄚ，
因ㄧㄣ為ㄨㄟˋ……

他_{ㄊㄚ}會_{ㄏㄨㄟ}做_{ㄗㄨㄛ}最_{ㄗㄨㄟ}好_{ㄏㄠ}吃_ㄔ的_{ㄉㄜ}早_{ㄗㄠ}餐_{ㄘㄢ}。

我爸爸是世界上最棒的爸爸，
因為……

他ㄊㄚ 會ㄏㄨㄟˋ 在ㄗㄞˋ 早ㄗㄠˇ 上ㄕㄤˋ 幫ㄅㄤ 我ㄨㄛˇ 做ㄗㄨㄛˋ 好ㄏㄠˇ 出ㄔㄨ 門ㄇㄣˊ 的ㄉㄜ˙ 準ㄓㄨㄣˇ 備ㄅㄟˋ。

我ˇ爸ˋ爸ˋ是ˋ世ˋ界ˋ上ˋ最ˋ棒ˋ的ˋ爸ˋ爸ˋ，
因ˋ為ˋ⋯⋯

他_{ㄊㄚ} 喜_{ㄒㄧˇ}歡_{ㄏㄨㄢ} 和_{ㄏㄢˋ} 我_{ㄨㄛˇ} 一_ㄧ 樣_{ㄧㄤˋ} 的_{ㄉㄜ˙} 衣_ㄧ 服_{ㄈㄨˊ} 。

我ㄨㄛˇ爸ㄅㄚˋ爸ㄅㄚ˙是ㄕˋ世ㄕˋ界ㄐㄧㄝˋ上ㄕㄤˋ最ㄗㄨㄟˋ棒ㄅㄤˋ的ㄉㄜ˙爸ㄅㄚˋ爸ㄅㄚ˙，
因ㄧㄣ為ㄨㄟˋ ……

他㊠會㋼蓋㋦任㋢何㋦東㋙西㊀！

我ㄨㄛˇ爸ㄅㄚˋ爸ㄅㄚ是ㄕˋ世ㄕˋ界ㄐㄧㄝˋ上ㄕㄤˋ最ㄗㄨㄟˋ棒ㄅㄤˋ的ㄉㄜˋ爸ㄅㄚˋ爸ㄅㄚ，
因ㄧㄣ為ㄨㄟˋ……

他ㄊㄚ 會ㄏㄨㄟˋ 開ㄎㄞ 很ㄏㄣˇ 大ㄉㄚˋ 的ㄉㄜ˙ 卡ㄎㄚˇ 車ㄔㄜ 。

我ˇ爸ˊ爸˙是ˋ世ˋ界ˋ上ˋ最ˋ棒ˋ的˙爸ˊ爸˙，
因ˉ為ˋ……

他ㄊㄚ 讓ㄖㄤˋ 我ㄨㄛˇ 像ㄒㄧㄤˋ 飛ㄈㄟ 機ㄐㄧ 一ㄧˊ 樣ㄧㄤˋ 飛ㄈㄟ 翔ㄒㄧㄤˊ。

我ㄨㄛˇ爸ㄅㄚˋ爸ㄅㄚˊ是ㄕˋ世ㄕˋ界ㄐㄧㄝˋ上ㄕㄤˋ最ㄗㄨㄟˋ棒ㄅㄤˋ的ㄉㄜ˙爸ㄅㄚˋ爸ㄅㄚˊ，因ㄧㄣ為ㄨㄟˋ……

他﹙ㄊㄚ﹚從﹙ㄘㄨㄥ﹚來﹙ㄌㄞ﹚不﹙ㄅㄨ﹚會﹙ㄏㄨㄟ﹚累﹙ㄌㄟ﹚。

我爸爸是世界上最棒的爸爸，因為……

他ㄊㄚ 總ㄗㄨㄥˇ 是ㄕˋ 對ㄉㄨㄟˋ 動ㄉㄨㄥˋ 物ㄨˋ 很ㄏㄣˇ 善ㄕㄢˋ 良ㄌㄧㄤˊ 。

我ˇ爸ˋ爸ˋ是ˋ世ˋ界ˋ上ˋ最ˋ棒ˋ的ˋ爸ˋ爸ˋ，
因ˉ為ˋ……

他ㄊㄚ 喜ㄒㄧˇ 歡ㄏㄨㄢ 真ㄓㄣ 的ㄉㄜ 好ㄏㄠˇ 音ㄧㄣ 樂ㄩㄝˋ 。

我ˇ爸ˋ爸ˋ是ˋ世ˋ界ˋ上ˋ最ˋ棒ˋ的ˋ爸ˋ爸ˋ，
因ˉ為ˋ……

他和天空一樣高。

我爸爸是世界上最棒的爸爸，
因为……

他知道冰淇淋可以
解決任何問題。

我ˇ爸ㄅ爸ㄅ是ㄕ世ㄕ界ㄐ上ㄕ最ㄗ棒ㄅ的ㄉ爸ㄅ爸ㄅ，
因ㄅ為ㄨˊ……

他總是在那裡
等著接住我。

我ˇ爸ㄅ爸ㄅ是ㄕ世ㄕ界ㄐ上ㄕ最ㄗ棒ㄅ的ㄉ爸ㄅ爸ㄅ，
因ㄧ為ㄨ ……

他知道什麼時候該小睡一下。

我爸爸是全・世・界・最棒的爸爸。

THE BEST DAD IN THE WORLD
Text © Patricia Chapman2016
The moral rights of the author have been asserted. Illustrations © Cat Chapman 2016
Design and Format © Upstart Press Ltd 2016
Published in agreement with Upstart Press Ltd., through The Grayhawk Agency.
Complex Chinese edition copyright © 2017 by China Times Publishing Company

文／派翠西亞‧查普曼 Patricia Chapman ｜ 圖／凱特‧查普曼 Cat Chapman ｜ 譯者／蘇懿禎 ｜ 主編／胡琇雅 ｜ 美術編輯／吳詩婷 ｜ 董事長／趙政岷 ｜ 編輯總監／梁芳春 ｜ 出版者／時報文化出版企業股份有限公司 108019台北市和平西路三段240號七樓 ｜ 發行專線／（02）2306-6842 ｜ 讀者服務專線／0800-231-705、（02）2304-7103 ｜ 讀者服務傳真／（02）2304-6858 ｜ 郵撥／1934-4724時報文化出版公司 ｜ 信箱／10899臺北華江橋郵局第99信箱　統一編號／01405937 ｜ copyright © 2017 by China Times Publishing Company ｜ 時報悅讀網／www.readingtimes.com.tw ｜ 電子郵件信箱／ctliving@readingtimes.com.tw ｜ 法律顧問／理律法律事務所 陳長文律師、李念祖律師 ｜ Printed in Taiwan ｜ 初版一刷／2017年8月 ｜ 初版四刷／2022年4月 ｜ 採環保大豆油墨印製 ｜ 版權所有 翻印必究（若有破損，請寄回更換） ｜ 時報文化出版公司成立於一九七五年，並於一九九九年股票上櫃公開發行，於二〇〇八年脫離中時集團非屬旺中，以「尊重智慧與創意的文化事業」為信念。